JACOB ET ÉSAÜ

APPEL

EN FAVEUR DES FAUBOURGS

PAR

LE P. ADOLPHE PERRAUD

PRÊTRE DE L'ORATOIRE
PROFESSEUR D'HISTOIRE ECCLÉSIASTIQUE A LA SORBONNE

AU PROFIT DES PAUVRES ET DES MALADES
DES FAUBOURGS DE PARIS

DEUXIÈME ÉDITION

PARIS

CHARLES DOUNIOL ET Cie   ADRIEN LE CLÈRE ET Cie
LIBRAIRES-ÉDITEURS   LIBRAIRES-ÉDITEURS
29, RUE DE TOURNON   29, RUE CASSETTE

1873

ŒUVRE DES MALADES
dans les Faubourgs
2 francs

JACOB ET ESAÜ

JACOB ET ESAÜ

APPEL

EN FAVEUR DES FAUBOURGS

PAR

LE P. ADOLPHE PERRAUD

PRÊTRE DE L'ORATOIRE
PROFESSEUR D'HISTOIRE ECCLÉSIASTIQUE A LA SORBONNE

———

AU PROFIT DES PAUVRES ET DES MALADES
DES FAUBOURGS DE PARIS

———

DEUXIÈME ÉDITION

PARIS

CHARLES DOUNIOL ET Cie   ADRIEN LE CLÈRE ET Cie
LIBRAIRES ÉDITEURS   LIBRAIRES ÉDITEURS
29, RUE DE TOURNON   29, RUE CASSETTE

1873

[illegible]

[illegible]

[illegible] [illegible] [illegible]
[illegible] [illegible] [illegible]
[illegible] [illegible] [illegible]
[illegible] [illegible] [illegible]
[illegible] [illegible]

[illegible] [illegible]
[illegible] [illegible]

[illegible]

AVIS.

Une courte notice, placée à la fin de ce discours, donne l'indication de quelques-unes des œuvres qui s'occupent de visiter les pauvres des faubourgs de Paris, et auxquelles les personnes zélées sont priées de donner leurs aumônes, ou, ce qui vaudra mieux encore, leur concours actif.

Les autres œuvres ayant le même but seront ajoutées à cette liste incomplète, lorsqu'elles auront envoyé les renseignements qui les concernent.

JACOB ET ESAÜ.

APPEL

EN FAVEUR DES FAUBOURGS

Ite ad oves quæ perierunt domûs Israël.
« Allez aux brebis d'Israël qui périssent. »
(S. MATTH. X, 6.)

MES FRÈRES[1],

Je viens vous indiquer ce soir un moyen de mettre en pratique cette parole du Sauveur.

Les pauvres, en faveur desquels a été réunie cette assemblée de charité, habitent les faubourgs de Paris. Ils sont plus déshérités que les

---

1. Ce discours a été prononcé dans l'église de Saint-Philippe du Roule, le dimanche de la Quinquagésime, 23 février 1873.

autres, car, par une douloureuse et inévitable contradiction, en même temps qu'ils sont plus nombreux et que leurs misères sont plus grandes, ils sont moins assistés et ont moins de secours.

Pour arriver jusqu'à leurs souffrances, il ne faut pas seulement de la charité, il faut du zèle. C'est donc une compassion tout apostolique qui a inspiré la fondation de ces œuvres dont les membres se recrutent principalement dans les riches quartiers de la capitale, et qui vont porter aide, secours, consolations aux pauvres et aux malades de Clignancourt, de Belleville, de Charonne, de la Glacière, de la barrière d'Italie, de la Butte aux Cailles, en un mot, de tant de quartiers excentriques, dont les noms et la géographie sont probablement inconnus au plus grand nombre d'entre vous.

Oui, quartiers excentriques! Le mot a ici tout son sens et toute sa force! D'abord, parce qu'ils sont situés aux confins de cette grande cité, où se touchent les excès du luxe et les excès de la misère; où l'on trouve les splendeurs effrénées qui prodiguent les millions au superflu, tandis qu'auprès d'elles, les situations les plus précaires en sont à compter par sous et par centimes pour le strict nécessaire.

Lorsqu'il y a quinze ans, on a voulu nous

faire un Paris tout neuf, aux grandes rues, aux splendides habitations, il a fallu préalablement se débarrasser de tous ceux qui ne pouvaient payer le loyer de ces belles demeures. Mais balayer les pauvres, ce n'était pas supprimer la pauvreté; et les pauvres ont été se réfugier dans ces quartiers lointains, où ils vivent à l'état de tribus agglomérées, sur lesquelles plane la terrible égalité des plus cruelles privations et d'une misère à peine croyable[1].

Tantôt, à Clignancourt, par exemple, dans le sol de terrains situés en contre-bas des voies nouvelles, des poutres, adossées contre le remblai de la rue, forment les étais mal assujettis de demeures humides et malsaines, qui ressemblent plutôt à des cages d'animaux qu'à des habitations d'êtres humains. Tantôt, dans des espaces vagues, non encore exploités, des familles louent quelques mètres de terre et élèvent des cabanes de bois. Mais vienne le jour où le propriétaire trouvera de son fonds un emploi plus avantageux, il faut déménager, et transporter au loin les meubles et l'immeuble; non-seulement les pauvres hardes en haillons, et les écuelles d'étain, mais les planches qui forment

---

1. J'ai essayé d'en donner quelque idée dans un discours prononcé en 1867 pour les pauvres de Montrouge. Il a été publié sous ce titre : *Pauvreté et misère.*

ces cabanes qu'on va reconstruire un peu plus loin.

Les mœurs de ces tribus ne sont pas moins excentriques que leur situation géographique et que leurs habitations. Chez ces populations nomades, sans consistance et sans traditions, la misère morale est souvent plus criante que l'autre. Là, trop fréquemment, les familles se forment sans la bénédiction de Dieu, les enfants naissent sans la grâce du baptême, les mourants disparaissent de ce monde sans les suprêmes consolations de l'Église !

En vérité, ce sont bien là les brebis qui périssent. *Ite ad oves quæ perierunt domûs Israël.*

Que de choses à voir, que de découvertes à faire dans ce monde de souffrances qui vit si près de nous, et auquel un trop grand nombre d'entre nous ont le tort de demeurer étrangers

Chers jeunes gens, qui avez entrepris de connaître ce monde, d'y pénétrer, d'y porter la compassion de Jésus-Christ et les trésors de sa divine charité, je ne voudrais pas seulement recommander vos pauvres à la générosité de mes auditeurs. J'en demande pardon à votre modestie ; mais je voudrais plus encore recommander votre exemple à leur imitation.

Vous avez déjà compris et mis en pratique
la parole du Sauveur, nous adjurant d'aller vers
ces brebis qui périssent, qui meurent souvent
de la faim du corps, ou de la faim plus terrible
de l'âme.

Mais il y a ici des personnes qui pourraient
s'inspirer de cette parole pour s'associer à vos
œuvres, ou aux œuvres analogues que multiplie
en ce moment le zèle de notre vénérable arche-
vêque et de ses intelligents collaborateurs.
Pourquoi ne pas les y exhorter ?

Je parle évidemment à un auditoire chrétien.
Dans les grandes solennités religieuses de l'an-
née, le monde lui-même, vaincu par la puissance des souvenirs, déserte un instant ses
lieux de plaisir, et vient remplir nos églises,
pour chanter avec nous les joyeux cantiques de
Noël ou le triomphant alleluia de Pâques.

Mais aujourd'hui, il est tout entier et plus
que jamais à sa grande affaire, qui est de s'amu-
rer et de s'étourdir. Aujourd'hui, les désœuvrés,
les esprits futiles, les cœurs légers ou engour-
dis ne sont pas des nôtres. Ce sont les vrais chrétiens seuls qui viennent, en ces heures de re-
cueillement, se prosterner devant les saints au-
tels, adorer en silence la grande victime, et lui
offrir leurs prières, avec leurs gémissements,
comme la rançon de ce monde frivole qui ne

pense qu'à jouir, et qui va dépenser en deux ou trois nuits d'orgie ce qui suffirait à nourrir pendant un mois tous les pauvres de cette grande cité.

Puis donc que j'ai la certitude de ne m'adresser qu'à de sérieux disciples de Jésus-Christ, pourquoi ne leur demanderais-je pas d'avoir du zèle, de la générosité, de l'élan, de faire de grandes choses, et, s'il le faut, de savoir accomplir de grands sacrifices pour sauver tant de brebis qui périssent?

Je vais l'essayer, avec la bénédiction du Dieu invisible qui préside à cette assemblée. Puisse ma parole n'être que l'écho fidèle de cette parole divine qui tomba un jour de ses lèvres, et qui, retentissant à travers tous les siècles, doit être écoutée par le nôtre avec une foi plus vive et une plus sérieuse attention! *Ite ad oves quæ perierunt domûs Israël.*

I

« Aux grands maux les grand remèdes. »
Ainsi s'exprime sous une forme sentencieuse, la
sagesse proverbiale des nations.

Oui, au temps des crises, des cataclysmes,
des bouleversements politiques, sociaux, religieux, non-seulement les demi-vertus, mais les
vertus ordinaires sont insuffisantes, hors de pro-
portion avec les dangers qui menacent les sociétés, avec les devoirs que ces dangers imposent.

Quand les périls sont extrêmes, les énergies
et les dévouements le doivent être aussi ; ou
bien, le mal l'emporte ; et rien n'arrête les peu-
ples sur la pente rapide de la décadence et de la
ruine.

Ce principe, je pense, est incontestable.

Non moins incontestable me paraît être
l'application que j'en fais immédiatement à
l'époque où nous vivons.

Et quel temps fut jamais si fertile en miracles ?

dit le grand prêtre Joad dans Athalie.

Je ne change qu'un mot à ce vers célèbre, et je dis sans crainte d'être démenti :

Et quel temps fut jamais si fertile en *désastres* ?

Serait-ce une exagération que d'appliquer à ces années terribles quelques-unes des paroles adressées par les prophètes à Jérusalem, quand cette ville était à la fois travaillée au dedans par l'idolâtrie et la corruption des mœurs ; humiliée et châtiée au dehors par les entreprises d'ambitieux et cruels voisins contre lesquels elle s'était trouvée impuissante aux jours des luttes armées, parce que Dieu n'avait pas combattu avec elle ?

« Regardez la terre, dit Isaïe, vous n'y verrez que les ténèbres de la tribulation, et une lumière qui s'évanouit dans un épais brouillard [1]. »

Joël parle identiquement le même langage : « Voici, dit-il, les jours de ténèbres et de brumes ; les jours d'orages et de tempêtes [2]. »

Oui, vraiment, nous sommes en des jours ténébreux. Savez-vous où nous allons ? Pour moi, je l'ignore, et bien d'autres avec moi sont

1. Respiciemus in terram et ecce tenebræ tribulationis, et lux obtenebrata est in caligine ejus. (Isaï, V, 30.)
2. Dies tenebrarum et caliginis; dies nubis et turbinis. (Joël, II, 2.)

incapables de dire où va la France, *dies tene-*
brarum.

Jours de brouillards, *dies caliginis*, où la
lumière est terne, grise, lugubre ; où l'on a
grand'peine à discerner son chemin et à voir à
quelques pas devant soi.

Et aussi, jours d'orages et de tempêtes, *dies*
nubis et turbinis ; jours où la terre tremble, et
dans ses terribles secousses, menace hommes
et choses des suprêmes écroulements !

Empires qui s'effondrent ;

Trônes qui tombent ;

Églises qui sont persécutées, à commencer
par celle que toute la tradition chrétienne et en
son nom, un des évêques de notre vieille Gaule,
saluait du titre de mère et de maîtresse de
toutes les Églises ;

Ordres religieux et évêques proscrits, spo-
liés, bannis ; et des rives de l'Oder ou du Rhin
aux bords du lac de Genève, l'esprit de persé-
cution anti-chrétienne multipliant les proscrip-
tions et les dénis de justice ;

Les mauvaises passions surexcitées, pleines
d'espérances, se croyant sûres de triompher
demain ;

Le présent incertain et menaçant, l'avenir
non moins menaçant et plus incertain encore:
ce sombre tableau est-il trop chargé, et ne faut-

il pas répéter avec Isaïe : « Si nous regardons la
« terre, elle est couverte des ténèbres de la tri-
« bulation. *Respiciemus in terram et ecce te-*
« *nebræ tribulationis.* »

Je ne veux pas dire pour cela que tout soit
perdu, comme le pensent parfois de pieuses
âmes qui croient toucher à la dernière heure de
l'histoire du monde, et estimant que la lutte est
à la fois impossible et inutile, ne songent qu'à
mourir au pied de la croix.

Non certes, tout n'est pas perdu.

Tout cela avait été prédit par le Sauveur :
« Vous entendrez le choc des opinions et le
« bruit des combats. *Audituri estis prælia et*
« *opiniones præliorum.* » Et il ajoutait aussitôt :
« mais que votre cœur ne se trouble pas, *vi-*
« *dete ne turbemini.* » (Matth., XIV, 6.)

Le monde traverse une crise. « C'est main-
« tenant, disait encore le Sauveur, le juge-
« ment de ce monde[1]. » — Le mot grec que
nous traduisons par jugement, κρίσις, signifie
précisément *crise.*

Une crise est une phase plus aiguë de la lutte
éternelle que se livrent ici-bas le bien et le mal.
Une crise peut donc se terminer par le triom-
phe du bien, comme aussi elle peut aboutir

---

1. Joan. XII, 31.

à une victoire du mal. Mais aucune des deux n'arrivera fatalement. Si nous voulons et savons être plus intelligents, plus actifs, plus dévoués que nos adversaires, nous vaincrons ; s'ils se battent avec plus d'esprit et de courage que nous, bien que luttant pour une cause détestable, c'est nous qui serons vaincus.

C'est donc une crise de ce monde. Sachons y faire notre devoir, et nous verrons cette crise aboutir à l'expulsion ou du moins à la réduction du mal.

« Quand j'aurai été élevé de terre par mon « crucifiement, a dit le Sauveur, j'attirerai tout « à moi, et le Prince de ce monde sera jeté de-« hors [1]. »

Voilà le devoir des chrétiens très-nettement indiqué. Par l'élévation de leurs pensées, de leur générosité, de leur zèle ; par l'intensité de leurs sacrifices, il faut qu'ils expulsent le mal et attirent le monde tout entier à la connaissance et à l'amour de Jésus-Christ.

Si notre prière de tous les jours doit être « Seigneur, que votre règne arrive, » notre œuvre de tous les jours doit être, pour rendre ce règne possible, de commencer par renverser les obstacles.

[1]. Si exaltatus fuero a terra, omnia traham ad me ipsum. Princeps hujus mundi ejicietur foras. (Joan. XII, 32.)

Dieu est la vérité, Dieu est la vie; et il est dit de cet esprit du mal qui fait opposition à son règne dans le monde, qu'il est « menteur, « père du mensonge, et homicide dès le com-« mencement. »

D'abord, il est menteur, et le « mensonge est « son propre langage[1]. »

Qu'est-ce donc aujourd'hui que cette conspiration qui marche, sous le drapeau d'une prétendue science, à la conquête des sociétés contemporaines, et qui nie si résolûment Dieu, l'âme, la liberté, la responsabilité, la vie future?

Conspiration formidable d'audace, et presque d'universalité, puisqu'elle pénètre partout : dans vos salons, par les revues et par les livres; dans les ateliers et dans les chaumières par les feuilles populaires.

Et ici, veuillez remarquer comme les deux caractères spécifiques assignés par le Sauveur à l'esprit du mal se rencontrent dans cette terrible propagande. « Oui, ce menteur est homicide. »

Car éteindre la vérité dans une âme, n'est-ce pas en quelque sorte éteindre cette âme elle-même? Enlever à une âme les croyances néces-

1. Ille homicida erat ab initio, et in veritate non stetit; quia non est veritas in eo ; cum loquitur mendacium, ex propriis loquitur, quia mendax est. (Joann. VIII, 44.)

saires et les principes essentiels, n'est-ce pas la faire passer de la vie à la mort?

Ah! que d'homicides intellectuels s'accomplissent en ce temps par la puissance du mensonge organisé, et chaque jour offert à vil prix à tant d'âmes incapables de se défendre! Et ce ne sont plus seulement, comme autrefois, tels ou tels individus qui sont atteints et éteints par cette conspiration permanente du mensonge; ce sont des classes tout entières de la société; et il y a des temps où l'on serait tenté de dire comme le prophète Osée : « Il n'y a plus « sur la terre ni vérité ni science de Dieu. Par- « tout le blasphème, le mensonge, le meurtre; « partout le sang se mêle au sang[1]. »

C'est qu'en effet l'esprit du mal n'est pas seulement homicide parce qu'il tue la vérité dans les âmes, et que les âmes ne peuvent pas plus subsister sans la vérité et sans Dieu, que nos poitrines ne peuvent respirer, et que nous ne pouvons vivre sans air :

Mais il est homicide dans le propre sens de ce mot, et cela, dès le commencement : *homicida ab initio.*

Oui, au commencement de l'histoire de l'hu-

___

1. Non est veritas et non est scientia Dei in terra. Maledictum et furtum et adulterium inundaverunt, et sanguis sanguinem tetigit (Osee, IV, 1, 2).

manité, ils étaient deux frères, et l'un tue l'autre. Détestable histoire, tant de fois répétée depuis !

Cet esprit d'homicide accomplit son œuvre de destruction par mille moyens. Il ne cesse de pousser les hommes à se tuer et à s'entre-tuer.

Oui, il les pousse à se tuer ; et il y réussit dans des proportions effrayantes. Rappelons-nous ce mot d'un savant de ce siècle, si tristement vérifié par l'expérience : « L'homme ne « meurt pas, il se tue[1]. »

Les passions — et parmi elles surtout, celle que la sainte Écriture compare « à un feu dé- « vorant, qui détruit radicalement tous les « germes[2] ; » les débauches, qui en avilissant l'âme, détruisent le corps ; les chagrins, dont beaucoup sont la conséquence des désordres moraux : tout cela abrége la vie humaine. Outre ceux qui ont la lâcheté de se suicider dans un accès de désespoir, il y a le très-grand nombre de ceux qui se suicident en abusant des dons de la vie, et en se prêtant follement aux desseins de l'esprit d'homicide.

Puis, les hommes s'entre-tuent.

Il y a les assassinats vulgaires, inaugurés dans

---

1. M. Flourens, *de la Longévité*, p. 32. Voir le P. Gratry, *De la connaissance de l'âme*, II, 127 et suiv.

2. Ignis est usque ad perditionem devorans, et omnia eradicans genimina (Job. xxxi, 12).

le monde par Caïn, et que malgré nos prétendus progrès, nous voyons se renouveler presque chaque jour parmi nous, souvent avec des raffinements de barbarie et des complications d'horreurs qui rappellent les plus sombres époques du dixième ou du quatorzième siècle.

Les hommes s'entre-tuent encore par les guerres. Ce ne sont plus alors des meurtres isolés. Ce sont d'immenses hécatombes où les victimes se comptent par centaines de mille. Le temps n'est pas près où ces boucheries disparaîtront de la face du globe. Nous appelons barbares les peuplades du Dahomey ou de Congo. Qu'est-ce toutefois que les guerres de ces tribus comparées à nos récentes guerres européennes, et où l'esprit d'homicide travaille-t-il avec le plus de succès à inventer chaque jour des moyens sûrs de tuer vite et beaucoup?

Enfin, il y a la misère qui tue aussi les hommes et par laquelle ils s'entre-tuent. Car enfin, il faut bien que nous le sachions, et vous ne vous scandaliserez pas, si je vous répète dans leur terrible sévérité les enseignements unanimes de tous nos grands docteurs. Oui, il y a des degrés et des excès de misère qui tuent les pauvres, et dont sont responsables les riches qui n'accomplissent pas le devoir de l'aumône.

Écoutez le plus doux, le plus suave des Pères du quatrième siècle, cet Ambroise, dont l'éloquence fit la conquête d'Augustin, et dont la légende raconte que sur ses lèvres d'enfant, quand il était encore au berceau, était venu reposer un essaim d'abeilles.

Aux riches de Milan qui se pressent autour de sa chaire, que va dire cet orateur à la parole de miel?

Chrétiens de nos jours, écoutez, comprenez, retenez.

« O riches! quel jugement vous assumez sur vous! vous meublez vos appartements et vous laissez nus vos frères en Jésus-Christ! Vos chevaux ont des freins d'or, et les pauvres manquent de pain! Malheureux, qui pouviez arracher tant d'hommes à la mort, et qui ne l'avez pas voulu[1]! »

Mais que pouvons-nous faire pour lutter contre cette conspiration de ténèbres et de meurtres, contre cet empire du mensonge et cette organisation de l'homicide qui empêche le règne de Jésus-Christ sur la terre, et qui perd hélas!

---

1. Quantum, o dives, sumis tibi judicium!... Infelix, cujus in potestate est tantorum animas a morte defendere, et non est voluntas. (S. Ambros., de Nabuthe, c. xiii).—Le même Docteur, ou un autre Père de l'Église a dit avec une terrible concision : « Riches, vous n'avez pas nourri ces pauvres, donc « vous les avez tués, » « Non pavisti, occidisti. »

pour le temps et pour l'éternité, tant de malheureuses brebis en Israël?

II

D'abord, à l'égard de la conspiration des
ténèbres et du mensonge, il faudrait, à tout
le moins, n'en être pas les complices.

Or, nous avons à cet égard les plus étranges
illusions: oui, nous qui sommes chrétiens; nous
qui croyons à toutes les choses qu'attaque sans
relâche une littérature sans principes; nous,
qui sommes justement persuadés que les idées
contribuent à faire les mœurs, et qu'une philosophie sceptique ou athée ne peut pas être sans
conséquences sur les destinées d'une nation.

Ah! sans doute, quand nous voyons ces dan-
gereux sophismes faire explosion; quand ces
hommes, qu'on a égarés et comme enivrés par
cette funeste propagande d'athéisme et d'im-
moralité, déclarent la guerre la plus sauvage à
l'ordre établi et nous menacent dans notre

sécurité ; quand enfin nous sentons le sol trembler sous nos pas, oh! alors nous avons peur,
et nous comprenons qu'il y a danger à laisser
circuler sans obstacle ces malfaisantes doctrines.
Mais souvent, il est trop tard !

Que de fois, mes frères, par une incompré-
hensible légéreté, sous prétexte que nous devons
nous tenir au courant du mouvement intellectuel,
que de fois nous recevons dans nos demeures,
sans défiance et sans précautions , ces écrits
perfides dont s'arme l'esprit du mal dans la lutte
qu'il a entreprise non-seulement contre les
vérités de la foi, mais contre les principes de la
philosophie et de la morale naturelles !

Cette inconcevable imprudence, si fréquente
de nos jours dans notre société, me rappelle
certains accidents qui eurent lieu, il y a deux
ans, à la suite des événements militaires. De
malheureux paysans (était-ce curiosité, était-ce
cupidité?) allaient ramasser sur les champs de
bataille, et emportaient chez eux des projectiles
encore intacts. Un habitant du petit village des
Ardennes où j'ai campé plusieurs semaines
après la bataille de Sedan, avait ainsi soigneu-
sement caché chez lui quelques obus. Un jour,
soit qu'il voulût se rendre compte de la confec-
tion de ces projectiles, soit que, pour gagner

quelques sous, il eût eu la pensée d'extraire la
poudre qui y était contenue, il essaya d'en ou-
vrir un. Quelques instants après, une effroyable
explosion se faisait entendre. Les débris de la
pauvre chaumière étaient dispersés dans toutes
les directions, et quatre ou cinq personnes tout
en flammes s'échappaient dans la rue en pous-
sant d'affreux hurlements.

J'ai assisté dans sa cruelle agonie l'auteur et
la malheureuse victime de ce déplorable accident, renouvelé plusieurs fois, dans des conditions à peu près semblables, sur d'autres points
du territoire.

Que de fois, je le répète, dans l'ordre intellectuel et moral, ont lieu des explosions moins
bruyantes, mais plus lamentables!

Vous laissez entrer chez vous sans contrôle,
et vous gardez sans surveillance, tel livre, tel
journal, telle revue. Vous les placez près du
foyer domestique, sans vous douter qu'il y a
d'un côté du feu, et de l'autre des matières ex-
plosibles! Je veux dire ces passions, ces concu-
piscences, ces instincts corrompus et corrup-
teurs que les meilleurs d'entre nous retrouvent
parfois au fond de leur nature, et qui deman-
dent à être incessamment surveillés! Mais que
faites-vous? Vous mettez en contact avec des
pages incendiaires des âmes qui ne sont ni de

glace ni de granit, et de terribles explosions se produisent, d'autant plus redoutables peut-être qu'elles sont plus silencieuses, et que, bien souvent, c'est seulement après plusieurs années qu'on peut mesurer l'étendue de leurs ravages ! C'est une incrédulité précoce qui va germer dans la tête de ce fils de dix-sept ans, qui jusqu'alors n'avait pas cru se déshonorer en fléchissant le genou devant le Dieu de sa mère et de sa première communion ; c'est la première et exquise fraîcheur de l'innocence qui est ternie dans de jeunes cœurs, et tout cela par votre imprudence !

Or, comment voulez-vous chasser de ce monde, où il aspire à régner sans partage, cet esprit de mensonge dont je dirai encore, avec le prophète, que tous les jours il multiplie ses dévastations, *tota die mendacium et vastitatem multiplicat*[1], si, avant tout, vous n'êtes pas fermement résolus à le traiter en ennemi, et à lui dire, avec l'inébranlable fermeté d'une sentinelle décidée à se faire tuer plutôt qu'à manquer à sa consigne : tu ne franchiras pas le seuil de ma demeure, tu n'entreras pas chez moi !

Mais il ne suffit pas de se tenir sur la défensive vis-à-vis de cet esprit de mensonge et d'ho-

1. Osee, XIII.

micide ; il faut aller l'attaquer et le vaincre dans tant d'âmes qu'il a déjà circonvenues et qu'il va perdre ! *Ite ad oves quæ perierunt domûs Israël.*

C'est là, en nos jours, une des plus belles parties de la mission charitable des Œuvres qui vont porter des secours de toutes sortes dans ces régions de la société où souvent l'erreur et le mal ne règnent pas moins que la souffrance et la misère !

Oui, ces Œuvres peuvent quelque chose, peuvent beaucoup pour les conquêtes de la vérité. *Possumus aliquid pro veritate*[1] !

Quand vous sortez de chez ces pauvres, vous croyez peut-être n'avoir laissé derrière vous qu'un morceau de pain et une pièce de monnaie. Vous avez fait cela ; mais vous avez fait plus encore. A chacune de vos visites, vous détruisez un sophisme, vous anéantissez un préjugé, vous renversez une barrière.

Ces pauvres gens, si souvent élevés sans instruction religieuse, sans catéchisme, à quoi voulez-vous qu'ils reconnaissent et jugent le christianisme ? Est-ce que nos apologies et nos démonstrations de la foi peuvent avoir prise sur eux ? En aucune façon.

____

1. II Cor. XIII, 8.

Mais quand ils vous voient à l'œuvre, ils ap—
pliquent instinctivement la grande règle d'ap—
préciation donnée par Notre-Seigneur lui-même
dans l'Évangile : *Ex fructibus eorum cognosce-
tis eos.*

Ils vous regardent faire, et ils pressentent qu'il
y a en vous, au-dessus de vous, quelque chose
qui ne vient pas des hommes.

Ils comprennent que les sophistes qui se
cachent, tandis qu'eux vont se faire tuer aux
barricades, les trompent et les trahissent; et
que leurs vrais amis, ceux qui pratiquent la fra-
ternité, non par des paroles fastueuses et vides,
mais par des actions simples et pleines de cœur,
ce sont ces chrétiens, ces chrétiennes qui viennent
les voir au nom du Crucifié, les assister dans
leur détresse, les relever dans leurs décourage-
ments, les ramener doucement à de plus saines
pensées et à des espérances meilleures. Et ainsi,
sans discussions, sans contentions, par la voie
la plus courte et la plus sûre, vous entrez dans
ces âmes, vous en chassez l'esprit de mensonge
et d'homicide, et vous y faites entrer Notre-Seigneur Jésus-Christ.

Mais ce n'est pas seulement la lumière que
vous portez au milieu de ces pauvres troupeaux
humains, qui souvent naissent et vivent dans la
plus terrible ignorance, et sont exploités par les

plus funestes préjugés; c'est aussi la vie, la vie véritable.

Car l'ignorance et les passions qui souvent engendrent, et toujours entretiennent la misère, abrégent la vie humaine. Cela est scientifiquement démontré.

Tout homme qu'on arrache à l'erreur et au mal, devenant plus apte à gagner sa vie, diminue le nombre des causes de destruction qui le menacent. A mesure que les habitudes d'ordre, d'économie, de propreté, de respect de soi-même, d'empire sur les passions rentrent dans une famille de travailleurs, ce sont autant de germes funestes de maladie et de mort qui disparaissent. Si les hommes connaissaient et servaient Jésus-Christ, ils ne seraient pas seulement plus honnêtes et meilleurs ; leur vie physique elle-même s'en ressentirait, et saint Paul n'a pas craint d'affirmer que la piété, qui a par-dessus tout les promesses du bonheur éternel, renferme encore les conditions de la félicité présente[1].

Enfin, vous augmentez dans ces âmes les ressources de la vie morale ; car, elles aussi, sont capables de grandes choses, et quand vous leur avez rendu l'immense service de les délivrer de ces préventions de l'esprit ou de la volonté

---

1. I Tim., IV, 8.

qui les entretenaient dans une ignorance hai-
neuse du christianisme, vous avez souvent la
consolation de voir des traits d'une sublime
vertu sortir de ces abîmes où naguère le vice
était le compagnon de la misère.

J'emprunte un de ces traits aux notes d'un
membre de la Conférence qui visite les pauvres
de Clignancourt. Une des familles assistées par
cette conférence est arrivée à force de travail,
de courage, de bonne volonté à ne plus avoir
besoin des aumônes de la charité. Hier encore,
cette famille était dans la détresse et elle n'a
rien d'assuré pour l'avenir, puisque le moindre
accident, suspendant le travail d'un de ses
membres, peut ramener chez elle le malaise et
les privations. Il y a quelques semaines, une
pauvre femme idiote et infirme, ayant été bru-
talement congédiée du taudis qu'elle occupait,
se trouvant absolument dénuée de tout et
abandonnée, a été recueillie, adoptée par cette
famille. C'est une bouche de plus à nourrir ;
c'est une gêne à s'imposer pour faire une place
à la nouvelle venue dans un logement déjà trop
étroit : mais la charité de Jésus-Christ est là,
c'est d'elle que viennent ces sublimes inspira-
tions, dont les exemples, il faut le dire bien
haut, ne se rencontrent que chez ces déshérités
de la société, et sont une des démonstrations

les plus saisissantes de la prodigieuse révolution morale que nous pourrions accomplir dans le monde, si nous voulions nous mettre, avec tout notre cœur et tout notre dévouement, à nous emparer par la charité de ceux qui souffrent, qui ignorent, et qui blasphèment, pour leur donner en Jésus-Christ la vraie lumière et la vraie vie!

Oui, comme me le disait une femme de cœur, que les riches se fassent *communards* par la charité, par la compassion évangélique, par le don d'eux-mêmes à ces travailleurs et à ces pauvres; et on ne reverra plus les horreurs de la trop fameuse commune anti-chrétienne et anti-sociale.

Allez donc, mes frères, allez à ces brebis qui périssent : *Ite ad oves quæ perierunt domûs Israël.*

Si le berger attend que la brebis blessée et tombée au fond des précipices, vienne à lui, elle périra certainement; car elle ne peut pas venir et elle ne viendra pas. C'est donc à lui d'aller la trouver : *Ite ad oves.*

Oui, ayons de l'initiative. Commençons. Faisons les premiers pas.

Entendez ce que nous dit le Sauveur dans l'Évangile de saint Matthieu. « Si votre frère a « quelque chose contre vous.... »

Eh bien! que faut-il faire? Humainement, il faut attendre que ce frère vienne à nous et s'explique, puisque c'est lui qui a quelque chose contre nous.

En morale naturelle, ce raisonnement est irréprochable.

Mais il y a une morale plus haute et une sagesse meilleure. Le Sauveur nous dit donc : « Si « votre frère a quelque chose contre vous, lais- « sez votre offrande, votre sacrifice, votre prière, « et allez vous réconcilier avec lui : « *Vade* « *prius reconciliari fratri tuo.* » (Matth. v, 24.)

Or, ce que le Maître dit de ces malentendus individuels qui troublent la charité, pourquoi ne pas l'appliquer à ce grand malentendu social qui nous divise, nous affaiblit, et nous perd?

Oui, il est possible que ceux qui travaillent et qui souffrent, les ouvriers et les pauvres, aient des préjugés injustes à l'égard des classes de la société qui sont placées au-dessus d'eux·; comme aussi, très-souvent, chez celles-ci, il y a d'aveugles et funestes préventions à l'égard de ceux que nous regardons trop aisément comme d'irréconciliables ennemis. En tous cas, la division existe; elle est un mal, un très-grand mal; qui la fera cesser? Quel procédé employer? Je vous le répète, ou pour mieux dire, c'est Jésus-Christ lui-même qui vous le répète : « Allez les premiers : *Vade prius ! Ite ad oves !*

Voulez-vous, mes frères, que nous lisions ensemble une touchante scène de l'histoire des patriarches. Nous y trouverons une grande leçon, et l'indication de ce qu'il nous faut faire pour résoudre pacifiquement ce problème social qui n'a que deux issues possibles, ou la charité chrétienne avec ses intelligentes initiatives et ses magnifiques résultats, ou la guerre sociale avec son hideux cortége de crimes, d'horreurs et de ruines.

J'ouvre la Genèse aux chapitres xxxii° et xxxiii°, et voici ce que j'y trouve.

Les rapports de Jacob et d'Esaü étaient loin d'être fraternels.

Esaü avait vendu son droit d'aînesse et en prenait difficilement son parti. Jacob avait eu la première et la plus abondante bénédiction d'Isaac, et son frère n'avait pardonné ni à lui ni à sa mère le préjudice qui lui avait été porté.

Esaü, habitué aux fatigues de la chasse, était plein de vigueur. Il avait pour lui la force ; et aussi le nombre, et quatre cents hommes déterminés, habitués comme lui au rude travail des mains, formaient son escorte. A la tête de cette troupe redoutable, Esaü suivait de près son frère qu'il allait bientôt atteindre : *Ecce properat tibi in occursum cum quadringentis viris.*

Jacob était plus délicat, et comme on le voit par son histoire, les ressources et les facultés de l'esprit étaient plus développées chez lui que les forces du corps. Sachant donc qu'Esaü, avec sa troupe de vigoureux compagnons, arrivait sur lui, il se sentit troublé. Il n'avait pas perdu le souvenir du rugissement sauvage qu'Esaü avait poussé, au jour où la bénédiction du vieil Isaac avait solennellement transféré du plus âgé au plus jeune des deux frères le droit d'aînesse[1]. Si une collision éclatait, Esaü vainqueur pouvait frapper Rébecca et ses fils : *Valde cum timeo, ne forte veniens percutiat matrem cum filiis suis.*

Dans cette perplexité, Jacob eut recours à la prière, et Dieu lui envoya une bonne inspiration.

Au lieu de chercher à fuir son frère, Jacob se sentit pressé d'envoyer au-devant de lui des serviteurs qui lui offriraient de sa part ce qu'il y avait de meilleur dans ses troupeaux.

La rencontre eut bientôt lieu.

Jacob était devenu l'aîné et il aurait pu attendre qu'Esaü fît les premières avances.

1. Irrugiit clamore magno (Gen. xxxvii, 34).

Mais précisément parce qu'il était l'aîné et qu'il représentait le droit aux prises avec la force, Jacob n'hésita point à prendre l'initiative de la réconciliation. Il s'avança donc, et se prosterna jusqu'à sept fois aux pieds de son terrible frère : *Adoravit pronus in terram septies.*

Mais qu'arriva-t-il ?

C'est qu'Esaü, le farouche, l'intraitable Esaü, se sentit tellement touché de cette humilité, de cette charité, de cette condescendance que, tout rude et violent qu'il était, il ne put se contenir. A son tour, il se précipita vers Jacob, le serra tendrement dans ses bras, et versa sur son cœur des larmes d'attendrissement, *Stringensque collum ejus et osculans, flevit.*

Faisons de même, mes frères.

Il y a aussi parmi nous, en présence l'un de l'autre, deux frères qui se méconnaissent et se haïssent.

Esaü arrive avec la puissance du nombre et la puissance de la force. C'est l'homme des champs ; c'est l'homme de l'atelier ; c'est l'homme au bras musculeux qui, dans ses jours de démence et de colère, pousse des rugissements à faire trembler le monde, *Irrugiit clamore magno !* et qui, aveugle et emporté, ne menace pas seulement Jacob, son frère de la bourgeoisie et de la noblesse, mais qui peut frapper la mère commune, la France avec ses fils, déchirer son sein et la conduire prématurément au tombeau, *Ne forte veniens percutiat matrem cum filiis suis.*

Voulons-nous le désarmer et le discipliner? le civiliser et l'assouplir? le conquérir et le transformer? Imitons Jacob.

Ne songeons pas à fuir.

D'abord, ce serait inutile. Esaü marche à grands pas, il avance. Le flot de la démocratie monte, monte sans cesse : il nous gagne, la fuite est impossible.

Il n'y faut donc pas penser. Au lieu de fuir Esaü, allons au-devant de lui, allons-y les mains pleines et le cœur débordant!

Frères bien-aimés, je vous en conjure, prenez tous une part active dans ces œuvres de charité chrétienne et de dévouement qui ont une immense moisson à faire et qui comptent trop peu d'ouvriers.

Allez! *Ite.* Allez les premiers, *Vade prius.*

C'est l'heure ou jamais des grandes initiatives et des héroïques audaces. Il s'agit de chasser l'esprit du mal! Il s'agit de guérir et de sauver ces brebis qui se perdent! Il s'agit d'éviter à notre France si affaiblie et si malade, des collisions qui la tueraient.

Allez donc résolûment vers cet Esaü. Il n'est pas si redoutable qu'il le paraît.

Demandez à ces jeunes gens, demandez à ces vaillantes chrétiennes qui pénètrent dans ces bouges de la misère, où ils trouvent si souvent maintenant de malheureuses victimes de nos perturbations sociales, tant d'hommes trompés, irrités, animés contre la société tout entière de haines qui paraissent irréconciliables ! Demandez-leur comment ils sont accueillis ! D'abord peut-être avec gêne, froideur, défiance ! Mais cela dure peu ! Ces hommes sont accessibles aux témoignages d'intérêt ; ils sentent bien vite que, si on vient les voir, c'est qu'on les aime, qu'on s'intéresse à leurs épreuves, qu'on veut leur faire du bien, à eux, et à leurs pauvres femmes épuisées et malades, et à ces petits enfants déguenillés que les parents ne peuvent même pas envoyer à l'école, parce qu'ils n'ont ni pain ni vêtements à leur donner !

Oui, plus d'une fois déjà, quand un fils ou une fille de Jésus-Christ ayant dans le cœur la vraie compassion évangélique a pénétré dans ces intérieurs où régnaient naguère la rage et le blasphème, le blasphème contre Dieu et la rage contre les hommes, l'Esaü à la barbe inculte, *homo pilosus*, s'est senti ému jusqu'au fond de l'âme ! Peu à peu l'irritation est tombée ;

des haines invétérées, fondues par le soleil de la divine charité ont disparu, et prenant vos mains que naguère on eût repoussées avec colère, on y a laissé tomber, avec un merci, de grosses larmes brûlantes ! *Et osculans flevit !*

Le jour où les frères s'embrasseront ainsi dans la charité de Jésus-Christ, le mal sera vaincu, la France sera sauvée !

ŒUVRES DE CHARITE ET DE ZÈLE

QUI VISITENT LES PAUVRES ET LES MALADES

DANS LES FAUBOURGS DE PARIS.

I. ŒUVRES D'HOMMES.

1. Un certain nombre de CONFÉRENCES DE SAINT-VIN-CENT-DE-PAUL du centre de Paris se portent dans les faubourgs pour y visiter les pauvres. (Celle de Sainte-Madeleine va à Clignancourt; celles de Saint-Augustin, de Saint-Hyacinthe et de la Trinité vont aux Batignolles; celle de Saint-Louis d'Antin va à Montmartre; celles de Saint-Roch et de Notre-Dame des Écoles visitent les quartiers de la Maison-Blanche, de la Glacière et de la Butte-aux-Cailles; la conférence de Saint-Philippe du Roule va aux Ternes.)

Plusieurs conférences, rattachées aux faubourgs, font souvent appel au zèle des conférences de l'intérieur de Paris pour se procurer des ressources.

On trouvera des renseignements plus détaillés au secrétariat général des conférences de Saint-Vincent-de-Paul, 6, rue de Furstemberg.

II. Une réunion de jeunes gens de la paroisse de Saint-Thomas-d'Aquin, visite les malades et les pauvres de Belleville, en concertant son action avec l'ŒUVRE DES MALADES DANS LES FAUBOURGS, indiquée ci-après au n° VI.

Directeur, M. l'abbé Gardey, vicaire à Saint-Thomas-d'Aquin, 37, rue du Bac.

III. PATRONAGES DE JEUNES GENS, s'occupant spécialement de la jeunesse ouvrière des faubourgs :

1° Notre-Dame-de-Grâce, à Grenelle, 29, rue de Lourmel;

2° Notre-Dame-de-Nazareth, 11, place Stanislas;

3° Patronage de Saint-Charles, 12, rue Bossuet, près Saint-Vincent-de-Paul;

4° Patronage de Sainte-Anne, 6, rue des Bois, à Charonne ;

5° Patronage de Sainte-Mélanie, rue Lhomond, 26 et 30.

6° Le patronage de Sainte-Rosalie, 23, rue de Gentilly.

II. OEUVRES DE DAMES.

IV. L'OEUVRE DES FAUBOURGS, fondée en 1848.

Cette OEuvre se propose la moralisation des familles pauvres des faubourgs. Pour atteindre ce but, elle se charge de donner aux enfants de ces familles des vêtements qui leur permettent de fréquenter les catéchismes et les écoles.

S'adresser, pour les détails, à M. Rataud, 100, rue des Ursulines.

V. OEUVRE DES HÔPITAUX, section de l'assistance des malades, quand ils sont sortis des hôpitaux.

Présidente : Mme la marquise de Gontaut Saint-Blancard, 63, rue Saint-Dominique.

VI. OEUVRE DÉS MALADES dans les faubourgs.

Cette OEuvre visite déjà les malades de Belleville (19° et 20° arr.), de la Maison-Blanche (la Butte-aux-Cailles et et la Glacière), et de la gare d'Ivry.

Présidente : Mme la marquise de Gouvion Saint-Cyr, 8, rue de Penthièvre.

A mesure que cette œuvre recevra de nouvelles recrues et de nouvelles ressources, elle étendra son action aux faubourgs qu'elle ne visite pas encore. Fondée en décembre 1872, sous le patronage de l'Archevêché, elle est placée sous la haute direction de M. l'abbé Langénieux, archidiacre de Notre-Dame, assisté de MM. d'Hulst, vice-promoteur, et Gardey, vicaire à Saint-Thomas-d'Aquin.

13287. — Typographie Lahure, rue de Fleurus, 9, à Paris.